JE VEUX LIRE

Le nouveau bébé

Mary Packard

Illustrations d'Amanda Haley

Texte français de Laurence Baulande

Éditions
■SCHOLASTIC

Catalogage avant publication de Bibliothèque et Archives Canada

Packard, Mary

Le nouveau bébé / Mary Packard; illustrations d'Amanda Haley;
texte français de Laurence Baulande.

(Je veux lire)
Traduction de : The New Baby.
Public cible : Pour les 3-6 ans.
ISBN 0-439-94206-3

I. Haley, Amanda II. Baulande, Laurence III. Titre.
IV. Collection : Je veux lire (Toronto, Ont.)

PZ23.P324No 2006   j813'.54   C2006-902967-9

Édition publiée par les Éditions Scholastic, 604, rue King Ouest, Toronto (Ontario) M5V 1E1.

5 4 3 2 1   Imprimé au Canada   06 07 08 09

Note à l'intention des parents et des enseignants

Dès que l'enfant sait reconnaître les 60 mots utilisés
pour raconter cette histoire, il peut lire le livre en entier.
Ces 60 mots apparaissent tout au long de l'histoire pour que
les jeunes lecteurs puissent facilement les retrouver
et comprendre leur signification.

à	donne	ma	plus
ai	embrasse	main	que
aime	en	maintenant	regarde
aujourd'hui	est	maison	regardez
aussi	et	maman	réussi
avec	fait	me	revenue
beaucoup	frère	moi	sa
bébé	il	mon	son
canard	je	ne	sourit
caresse	joue	nous	suis
chez	jouet	occupé	trouve
coin! coin!	la	occupée	un
crie	là	papa	va
dit	le	petit	viens
donnant	lui	pleure	vivre

Aujourd'hui, maman est revenue
à la maison avec un bébé.

Papa dit qu'il va vivre
chez nous.

Maman sourit en lui donnant un jouet.

Moi, je trouve que
le bébé pleure beaucoup.

— Je suis là, maman,
je suis là, regarde-moi!

— Je t'aime beaucoup, dit maman.
Viens, embrasse-moi.

Maman est occupée.

Papa est occupé aussi.

Le bébé pleure.

Et maintenant, il crie!

Je lui donne son jouet.

Le canard fait coin! coin!

Le bébé ne pleure plus.

Je caresse sa joue avec ma main.

— Maman, papa, regardez!
J'ai réussi!

Mon petit frère me sourit.

Des monstres!

Il faut ranger

Je choisis un ami

Je sais lire

Je suis le roi!

Je suis malade

Je suis une princesse

Le nouveau bébé

Ma citrouille

Ma nouvelle ville

Mes camions

Mon gâteau d'anniversaire